Maxir Loupiot

Marie-Odile Judes
illustrations de Martine Bourre

Père Castor
Flammarion

Quand on demandait à Maxime
ce qu'il aimerait faire plus tard,
le petit loup répondait invariablement :
– Plus tard, je veux être fleuriste !

Cette réponse mettait son papa, monsieur Loupiot,
dans des colères épouvantables.
Il grondait, les pattes sur les hanches
et la queue agitée de tremblements :
– Nous sommes chasseurs de père en fils
depuis cinquante générations !
Tu dois suivre la tradition familiale !

Maxime baissait la tête et répondait d'un air buté :
– J'aime pas la chasse !
– C'est impossible, tous les loups aiment chasser !
tonnait monsieur Loupiot.

Puis il se radoucissait et ajoutait les yeux brillants :
— Il n'y a rien de plus agréable
que de poursuivre un petit cochon bien rond,
de l'attraper et le faire cuire dans un chaudron
avec des oignons et de l'estragon !

— J'aime pas la viande !
disait encore Maxime.

Son papa disait en riant :
– Tu t'es pourtant régalé, dimanche,
avec le gigot de mouton !
Tu en as mangé cinq tranches !
– J'aime bien la viande qu'on achète
mais pas celle qu'on chasse ! rectifiait le petit loup.

Il secouait la tête et poursuivait :
– Je serai fleuriste, c'est décidé ! J'aurai un beau magasin
rempli de roses, de tulipes et de marguerites.
Et avec l'argent que j'aurai gagné en vendant mes fleurs,
j'achèterai des rôtis bien tendres au supermarché.

L'entêtement de son fils
fit perdre le sommeil à monsieur Loupiot.

La nuit, pendant que Maxime dormait paisiblement,
le grand loup faisait les cent pas dans la cuisine.
– Il faut que j'empêche Maxime de devenir fleuriste ;
sinon, j'en mourrai de honte et de chagrin !
disait-il en gesticulant.

Un soir, monsieur Loupiot s'écria :
– Héhéhé, je sais comment empêcher Maxime
de devenir fleuriste : il suffit de lui apprendre
à aimer la chasse. Quand il y aura pris goût,
il ne pensera plus à ces maudites fleurs !

Le grand loup donna
un coup de poing sur la table et ajouta :
– Demain, nous irons chasser les lapins et les marcassins !
Et si je n'arrive pas à faire de mon fils un chasseur,
je mange ma casquette, c'est juré !

À l'aube, monsieur Loupiot
réveilla Maxime et lui dit :
– Lève-toi vite, nous allons chasser !
– J'ai sommeil ! bougonna le petit loup.

Pour ravigoter son fils,
monsieur Loupiot lui fit boire
du café pimenté et entonna
un chant guerrier.

Arrivés dans la forêt, le grand loup chuchota :
– Nous allons nous cacher dans ce fourré.
Dès qu'un lapin passera, nous lui sauterons dessus
et le mettrons dans mon panier.

Les deux loups se blottirent dans les broussailles.

Quelques minutes plus tard,
un lapin arriva en poussant une brouette.
Alors Maxime déboula du fourré en criant :
– Sauve-toi vite, petit lapin, mon papa veut te croquer !

Le lapin lâcha la brouette
et détala sans demander son reste !

– Imbécile ! pourquoi as-tu fait ça ?
vociféra monsieur Loupiot.

Le petit loup grogna :
– Parce que je n'aime pas la chasse, je te l'ai déjà dit !
La chasse est cruelle, barbare et brutale.
Jamais je ne serai chasseur ! Je…

Maxime s'arrêta de parler
et regarda son père les yeux ronds :
le grand loup était en train de dévorer
sa casquette à belles dents.

Un autre soir, monsieur Loupiot pensa :
«Héhéhé, je sais comment
empêcher Maxime de devenir fleuriste :
il suffit de lui dire que c'est un métier dangereux.
Si je n'arrive pas à lui faire peur,
je mange mon oreiller, c'est juré !»

Le lendemain matin, au cours du petit déjeuner,
le grand loup dit à son fils :
– C'est bien beau de vouloir être fleuriste,
mais sais-tu que c'est un métier rempli de dangers ?
– Ah bon ? fit Maxime, la bouche pleine.
– Mais bien sûr ! s'écria monsieur Loupiot.
Tu peux te piquer à une rose et attraper le tétanos,
te couper avec le sécateur, t'enrhumer…

Maxime embrassa son père et lui dit :
– Ne te fais pas de souci, mon petit papa,
je serai très prudent :
je me ferai vacciner contre le tétanos,
je mettrai des gants pour ne pas me couper,
des bottes pour ne pas m'enrhumer, et…

Maxime s'arrêta de parler
et regarda son père les yeux ronds :
le grand loup était en train
de manger son oreiller !

Le lendemain après-midi, monsieur Loupiot s'écria :
– Héhéhé, je sais comment
empêcher Maxime de devenir fleuriste :
il suffit de le dégoûter du parfum des fleurs !

Monsieur Loupiot sauta dans sa voiture
et se rendit dans une grande parfumerie.
Il acheta un flacon d'extrait de patchouli,
un flacon d'extrait de rose
et un flacon d'extrait de violette.

La nuit venue, il entra dans la chambre de Maxime
et vida les trois flacons de parfum sur la tête,
sur le pyjama et sur le lit du petit loup.

Ça sentait tellement fort
que monsieur Loupiot
en eut la nausée.

– Si après ça Maxime
n'est pas dégoûté des fleurs,
je mange les assiettes de ma grand-mère,
c'est juré ! chuchota le grand loup.

Vers huit heures du matin,
Maxime alla trouver son papa
qui se rasait dans la salle de bains et lui dit :
– Il y a une odeur très curieuse dans ma chambre :
ça sent le patchouli, la rose et la violette.

Le petit loup garda le silence quelques instants
et ajouta :
– Je ne veux plus être fleuriste, papa !

Cette nouvelle bouleversa
tellement monsieur Loupiot qu'il se coupa
avec son rasoir. Il se mit un pansement
et demanda, tremblant de joie :
– C'est vrai ?

Maxime hocha la tête et dit :
– Oui ! Je veux être parfumeur !
Car finalement, ce qui me plaît dans les fleurs,
c'est leur parfum et pas…

Le petit loup s'arrêta de parler
et regarda son père les yeux ronds…

... monsieur Loupiot était en train
de croquer les assiettes de grand-mère,
les belles assiettes en porcelaine
avec des fleurs roses et bleues...

Imprimé en France chez Pollina s.a., 85400 Luçon – n° L84936
Flammarion et Cie, éditeur (N° 0987)
Dépôt légal : juin 2001
Loi n° 49-956 du 16 juillet 1949 sur les publications destinées à la jeunesse